2004

So, und da

nicht n

männlichen Tei

Welt versteht, sondern

auch sich selbst: hier

eine Aufklärungs-

broschüre über

die eigene Seele.

! 100%ig ernst zu nehmen!

Frohe Ostern – und

ein Frohes danach!

Dein Schwesterchen

STERNZEICHENBIBLIOTHEK

STEINBOCK

22. DEZEMBER - 20. JANUAR

Julia und Derek Parker

Fotos: Monique le Luhandre
Illustrationen: Danuta Mayer

BELLAVISTA

Gewidmet Jan Leeming

EIN DORLING-KINDERSLEY-BUCH

Editor	Tom Fraser
Art Editor	Ursula Dawson
Managing Editor	Krystyna Mayer
Managing Art Editor	Derek Coombes
Production	Antony Heller
Computer-Layout	Patrizio Semproni

Bildnachweis:
S. 10: © Michael Holford/British Museum;
S. 11: CM Dixon/British Museum;
S. 16: Tim Ridley;
Gestaltung S. 28-29: Lucy Elworthy;
Illustration S. 60-61: Kuo Kang Chen.
Umschlagbild: Peter Lawman.
Ein weiterer Dank gilt Carolyn Lancaster und John Filbey.

Ins Deutsche übertragen von Friederike Knobloch
Printed in Italy

ISBN3-89893-284-2

Inhaltsverzeichnis

EINLEITUNG
STEINBOCK

DER STEINBOCK IST DAS ZEHNTE ZEICHEN IM TIERKREIS UND WIRD MEIST HALB ALS ZIEGE, HALB ALS FISCH DARGESTELLT. STEINBÖCKE HABEN HÄUFIG EINE ÄUSSERST KOMPLEXE PERSÖNLICHKEIT.

Es gibt zwei Steinbock-Typen: den Ehrgeizigen, Unternehmenden, der die Dinge anpackt, und den anderen, der auf keinen grünen Zweig kommt und stets über die realen oder eingebildeten Hindernisse lamentiert, die sich ihm in den Weg stellen. Selbst der berühmteste und erfolgreichste Steinbock neigt noch zum Murren, und alle Menschen dieses Sternzeichens können das Gefühl haben, eine unverdiente Bürde tragen zu müssen. Ein weiteres Merkmal der Steinböcke ist, daß sie gern alleine sind.

Zuordnungen

Bei der Lektüre dieses Buches tauchen immer wieder Hinweise auf die traditionelle Zuordnung bestimmter Elemente und Zeichen zu den einzelnen Sternbildern auf.

Die erste dieser Klassifizierungen bezieht sich auf die vier Elemente Feuer, Wasser, Erde und Luft. Die zweite unterteilt den Tierkreis in kardinale, fixe und bewegliche Zeichen. Die letzte teilt die Sternbilder in aktive männliche oder passive weibliche Zeichen ein.

Jedes Tierkreiszeichen besteht also aus einer Kombination dieser Elemente, die ihm seine jeweiligen spezifischen Eigenschaften verleihen.

Kennzeichen des Steinbocks

Das Element des Steinbocks ist die Erde. Die unter seinem Zeichen Geborenen besitzen deshalb viel gesunden Menschenverstand. Es ist ein kardinales Zeichen, was seine Vertreter zu kontaktfreudigen, offenen Menschen macht. Weil es aber auch ein negatives weibliches Zeichen ist, können sie ebenso oft introvertiert sein. Beide Züge spiegeln sich in ihrer Persönlichkeit wider. Saturn beeinflußt als beherrschender Planet ihr Schicksal: er macht die Menschen düster, ernst und schweigsam. Steinböcke bevorzugen gedeckte Farben wie grau und dunkelgrün.

Der Tierkreis

Die Zuordnung der verschiedenen Elemente und Eigenschaften zu den zwölf Sternzeichen zeigt dieses Tierkreis-Rad. Im weiteren Verlauf dieses Buches finden sich auch Hinweise auf einander entgegengesetzte oder polare Sternzeichen. Sie lassen sich ebenfalls aus dieser Abbildung ablesen.

STEINBOCK

MYTHEN UND LEGENDEN

DER TIERKREIS, ENTSTANDEN VOR ETWA 2500 JAHREN IN BABYLONIEN, IST EIN HIMMELSGÜRTEL VON STERNBILDERN, DURCH DIE DIE SONNE IM LAUFE EINES JAHRES HINDURCHWANDERT.

Viele Tierkreiszeichen findet man erstmals in babylonische Grenzsteine eingehauen; auch den Steinbock, der dort als Ziegen-Fisch erscheint. Er wird dargestellt als *Ea*, ein Mann, der in einem fischförmigen Umhang einhergeht, dessen Kapuze ein Fischkopf, und dessen Saum ein Fischschwanz ist. Einer seiner babylonischen Titel war »Antilope des unterirdischen Meeres«. Man sagte von ihm, daß er tagsüber aus dem Wasser auftauchte, um die Menschen in den Errungenschaften und Künsten der Zivilisation zu unterweisen, und nachts wieder in die Meerestiefe zurückkehrte. Eas Name bedeutet »Haus des Wassers«, was auf seine große Bedeutung in einem Land hinweist, in dem Wasser so kostbar war. Er galt als Gott des Wissens und wachte über die Arbeit der Menschen. Deshalb wurde er von vielen Handwerkerzünften untertänig verehrt.

Pan bläst auf seiner Flöte
Bronzestatuette um 430 v. Chr.

Spätere Mythen

Die späteren mythischen Geschichten um den Steinbock sind undurchsichtig und schwer nachvollziehbar.

Es gibt eine entfernte Verbindung zu Pan, zweifellos deshalb, weil dieser ebenfalls einen menschlichen Rumpf und Arme, aber die Beine, Ohren und Hörner einer Ziege hatte. Pan war der Sohn des Götterboten Hermes, der Name der Mutter ist ungewiß; einige Quellen sprechen von Callisto, andere von Penelope.

Pan und Syrinx

Pan ist vermutlich am ehesten durch die Pan-Flöte bekannt, die er erfand. Er nannte sie Syrinx, zu Ehren einer Nymphe, die in ein Schilfrohr verwandelt wurde, um seinen verliebten Attacken zu entfliehen.

Pan liebte Berge, Höhlen und einsame Plätze. An einem dieser Orte stellte er einst Syrinx nach, einer der Nymphen, mit denen er sich vergnügte. Gerade als er sie ergreifen wollte, rief sie ihren Vater Ladon, den Gott der Flüsse, um Hilfe. Er verwandelte sie in ein Schilfrohr, Pan konnte nichts dagegen tun.

Um sich zu trösten, schnitt er einige Schilfrohre und machte daraus eine Flöte. Die Musik, die Pan auf seiner Syrinx machen konnte, war scheinbar so süß, daß er es wagte, Apollo, den Gott der Musik und Inbegriff der Schönheit, zu einem musikalischen Wettstreit herauszufordern.

Panische Angst

Das Gefühl von Einsamkeit, das Menschen überfällt, die allein durch wilde und unwirtliche Gegenden reisen, wurde manchmal der Gegenwart von Pan zugeschrieben. Wenn einen Menschen unerklärliche Angst überfällt, spricht man seither von »panischer Angst« oder kurz von »Panik«.

Pansmusik

Dieses Bild auf einem Teller von 1515 zeigt Pan, wie er vor Hirten auf seiner Flöte musiziert.

Was zunächst als eher abwegiger Gedanke erscheint, haben Astrologen jahrhundertelang mit zunehmender Tendenz versucht, nämlich einen Teil der Eigenschaften des Steinbocks aus der Ähnlichkeit mit einer Ziege abzuleiten.

Ziegen werden zum Beispiel oft auf engstem Raum gehalten, während wilde Bergziegen in den Bergen herumstreifen können, genauso wie Pan zu seiner Zeit.

Viele Steinböcke haben ebenfalls eine Vorliebe, ja fast das Bedürfnis nach Einsamkeit.

STEINBOCK
SYMBOLE

JEDEM STERNZEICHEN SIND TRADITIONELL BESTIMMTE KRÄUTER, GEWÜRZE, PFLANZEN, EDELSTEINE, METALLE UND TIERE ZUGEORDNET. MANCHES DAVON IST EHER AMÜSANT, ANDERES DAGEGEN FINDEN WIR IN NATURHEILKUNDE UND MEDIZIN WIEDER.

Blumen

Stiefmütterchen und Efeu zählen zu den Pflanzen, die dem Steinbock zugeordnet werden.

STIEFMÜTTERCHEN

EFEU

ESPE

Gewürze

Dem Steinbock werden traditionell keine speziellen Gewürze zugeordnet, jedoch manchmal Angostura bitter und Nelken.

NELKEN

Bäume

Zu den Steinbock-Bäumen gehören die etwas rauhe Pinie und Eibe genauso wie die anmutige Weide, Espe, Ulme und Pappel.

TOLLKIRSCHE

Kräuter

Die giftige Tollkirsche wird vom Steinbock regiert. Wiesen-Flockenblume – gut gegen Entzündungen – und Wegerich, der bei einer Reihe von Krankheiten angewandt wird, sind ebenfalls traditionelle Steinbock-Kräuter.

WIESEN-FLOCKENBLUME

STEINBOCK
SYMBOLE

Metall

Das Steinbock-Metall ist Blei, wohl wegen seiner grauen Farbe. Wenn Steinbock-Geborene dürfen, wählen sie meist Silberschmuck.

BLEIERZ

BLEISTIFTE

Rohamethyst und -Halskette

Türkissteine und -Dose

Edelsteine

Der traditionelle Edelstein des Steinbocks ist der Amethyst; manche Astrologen behaupten auch, es sei der Türkis.

Bronze-Ziege

Tiere

Ziegen zählen natürlich zum Steinbock, aber auch alle anderen Tiere, die Hörner haben, Paarhufer sind und an Berghängen leben.

STEINBOCK

PHYSIOGNOMIE

INSGESAMT FALLEN STEINBÖCKE UNTER IHREN MITMENSCHEN NICHT SONDERLICH AUF. SIE GEHEN GEWÖHNLICH SCHNELL UND MIT GROSSEN SCHRITTEN. JE NACH MOMENTANER STIMMUNG HALTEN SIE DEN KOPF HOCH ERHOBEN ODER GESENKT.

Viele Steinböcke sind groß und neigen dazu, leicht gebückt zu gehen, manchmal mit gebeugten Knien. Wenn sie sich wohlfühlen, gehen sie sehr aufrecht und können dann den Eindruck erwecken, sie blickten ein wenig auf den Rest der Welt herab.

Das Gesicht des Steinbocks

Hohe Stirn und gerader Blick sind charakteristisch für das Steinbock-Gesicht.

Der Körper

Da der Steinbock über die Knochen gebietet, haben sie einen eher starken Körperbau und knochige Handgelenke, Ellbogen und Knie. Viele Steinböcke sind groß und dünn und sehen ziemlich hager aus.

Ein zweiter Steinbocktyp ist ebenfalls schmal gebaut, aber oft ziemlich klein. Diese Menschen können sehr knochige Knie haben. Die Beine der Steinböcke sind oft lang und dünn und bei vielen weiblichen Vertreterinnen sehr schön! Sie werden vorteilhaft in Szene gesetzt, zum Beispiel, indem sie in schwarze Strümpfe gehüllt werden.

Das Gesicht

Steinböcke haben häufig kräftiges Haar, das meistens glatt frisiert oder geschnitten ist. Die Stirn ist meist hoch, der Blick direkt. Die Augen sind ruhig, wenn auch möglicherweise gesenkt. Die Nase wird oft von Linien betont, die zu den Mundwinkeln führen und die verschwinden, wenn sie lachen. Ihr Kinn könnte relativ spitz sein. Die Form des ganzen Gesichtes – Schläfen, Nase, Wangenknochen, Kiefer und Kinn – spiegelt den recht auffälligen Knochenbau des Steinböcke wider.

Die Haltung des Steinbocks

Steinböcke sind häufig groß, gehen aber gern gebeugt. Sie sind meist knochig und können geradezu hager erscheinen.

Der persönliche Stil

Der Stil der Steinböcke ist eher traditionell: Männern wie Frauen steht gut geschnittene, schicke Kleidung in dunklen Farben ausgezeichnet.

Ein »Kleines Schwarzes«, vielleicht aufgepeppt durch auffälligen Schmuck, ist bei weiblichen Steinböcken besonders beliebt. Sogar in legerer Kleidung sehen sie in der Regel sehr gut aus. Qualitätskleidung ist ihnen sehr wichtig, sie bevorzugen daher Designer-Mode. Übertrieben Modisches lockt sie nicht, klassische Kleidung dagegen um so mehr.

Ausstrahlung

Sie fallen nicht gerne auf; ein ruhiges, reserviertes Auftreten ist eher ihre Sache. Weil sie andere gern beeindrucken, aber nur ungern gewichtige Aussagen machen, werden sie dementsprechend auch hochwertige, etwas strenge Kleidung wählen. Durch Ausprobieren werden sie herausfinden, wie sie ein beeindruckendes, aber dennoch zurückhaltendes Aussehen durch dezenten und anziehenden Schmuck und andere Accessoires erreichen. Steinböcke mögen häufig hochwertige Gürtel, Hand- und Brieftaschen. Ebenso könnten sie eine Vorliebe für zeitlose Düfte im Gegensatz zu aufdringlichen modernen Duftnoten haben.

Sie können sich auch für Kleider aus Naturmaterialien wie Wolle oder Baumwolle, vielleicht in hellen Grau- und dunklen Grüntönen, begeistern.

STEINBOCK
PERSÖNLICHKEIT

STEINBÖCKE SOLLTEN IHRE ZIELE HOCH STECKEN UND NACH GEWAGTEN PROJEKTEN STREBEN. VIELE SIND AUSGESPROCHENE ERFOLGSMENSCHEN, ANDERE WIEDER LAMENTIEREN ÜBER DIE STEINE AUF DEM WEG ZUM ERFOLG.

Die Vertreter dieses Sternzeichens haben viele schöne und edle Eigenschaften wie Klugheit, Vorsicht, Umsicht und gesunden Menschenverstand. Trotzdem bringt dieses Zeichen im Gegensatz zu anderen Tierkreiszeichen zwei sehr unterschiedliche Typen hervor. Das Symbol des Steinbocks ist die Ziege mit dem Fischschwanz – ein bezeichnendes Bild. Der Fischschwanz steht für einen starken geistigen Zug im Steinbock-Charakter, der ihren Ehrgeiz zügelt, sie auf Vorschläge anderer Leute ablehnend reagieren läßt und nicht nur ihnen selbst, sondern auch anderen Leuten den Spaß verderben kann.

Bei der Arbeit

Manchmal sind Sie etwas schwermütig, weil Sie das Gefühl haben, ein Großteil Ihres beruflichen Erfolgs hängt von der absoluten Zuverlässigkeit Ihrer Arbeit ab, so daß Sie sich eine strenge Disziplin auferlegen müssen. Dies könnte Sie zunehmend deprimieren. Sie legen ohne Zweifel großen Wert auf ein Gefühl der Sicherheit und gehen kaum je außergewöhnliche Risiken ein.

Verhalten

Ihre Sie dämpfende innere Stimme wird sich oft gerade dann zu Wort melden, wenn Sie versuchen, wagemutig zu sein oder etwas nur aus Spaß an der Freude zu tun. Lassen Sie sich nicht zurückhalten!

Es gibt aber auch die andere Seite der Steinbock-Ziege, die den Spaß liebt. Viele Steinbock-Geborene schaffen es, bildlich gesprochen, den Fischschwanz abzustreifen und »ganz Ziege« zu sein: wirklich eine alberne Ziege, die nichts mit der »fisch-feuchten«, depressiven Art mancher Steinböcke zu tun haben will. Sie haben Spaß, lieben das Leben und genießen das beständige Hinarbeiten auf die sich selbst gesteckten, hohen Ziele aufrichtig. Die letzteren Steinbock-Vertreter können gut auf

Saturn regiert den Steinbock

Saturn, ursprünglich ein Ackerbau-Gott, regiert als Planet über den Steinbock. Er läßt seine Vertreter praktisch und vorsichtig sein, aber auch selbstsüchtig und engstirnig.

sich achtgeben. Sie sind hochmotiviert und werden versuchen, nach den Sternen zu greifen und sie auch zu fassen.

Gesamtbild

Sie sollten herausfinden, welchem Typ Steinbock Sie ähnlicher sind. Vergessen Sie nicht, daß der Steinbock nur ein Zeichen ist, nicht zwei. Vielleicht sind Sie die scheinbar sanfte, zufrieden an einen Pflock gebundene Ziege, die aber ausreißen und die alberne Ziege spielen kann. Möglicherweise haben Sie nicht genug Selbstvertrauen, was Sie aber nicht zurückhalten sollte. Natürlich murrt selbst der erfolgreichste Mensch manchmal, aber versuchen Sie sich der Wirkung Ihres Verhaltens auf Sie und andere bewußt zu sein und geben Sie ihm nicht zu oft nach.

STEINBOCK

BERUFE

IHR SICHERHEITSDENKEN KANN MIT IHREM EHRGEIZ IN KONFLIKT GERATEN UND SIE DARAN HINDERN, RISIKEN EINZUGEHEN. ROUTINE SCHRECKT SIE NICHT AB, WAS SIE ZU EINEM WERTVOLLEN MITARBEITER MACHT. SIE HABEN DAS ZEUG FÜR EINEN TOP-JOB.

MAURERKELLE UND ZEMENT

Bauhandwerk

Genauso, wie Steinböcke meisterlich ihr Leben »bauen«, könnten Sie im Bauhandwerk große Befriedigung finden.

Landschaftsplanung

ist ein anziehender Beruf für Steinböcke. Sie werden ebensoviel Freude an der Arbeit im Gelände wie am Schreibtisch finden.

MINIATURGLOBUS

Lehrer

Der trockene Humor des Steinbocks ist ein Vorteil, wenn Sie Lehrer werden wollen. Möglicherweise unterrichten Sie am liebsten Erdkunde.

DOKUMENTE UND SIEGELWACHS

Staatsdienst

Der Wunsch nach Sicherheit und Aufstiegschancen plus die Möglichkeit, mit leitenden Persönlichkeiten zu tun zu haben, zieht Sie zum Staatsdienst.

ZAHNZEMENT-APPLIKATOR

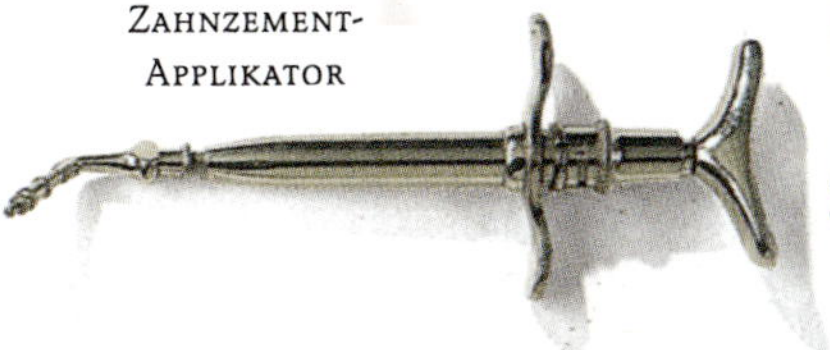

PLÄNE UND WASSERWAAGE

Zahnarzt

Der starke astrologische Einfluß, der den Steinbock mit dem Knochenbau verbindet, könnte Sie zum Zahnarztberuf bewegen.

STEINBOCK

GESUNDHEIT

STEINBÖCKE SIND HÄUFIG STARK EINGESPANNT IN DIE TÄGLICHEN GESCHÄFTE UND TRAGEN VIEL VERANTWORTUNG. SIE KÖNNTEN IHR KÖRPERLICHES WOHLBEFINDEN VERNACHLÄSSIGEN UND SCHNELLER ALTERN ALS NÖTIG.

Knie und Schienbeine sind die Körperregionen des Steinbocks, aber auch Haut, Knochen und Zähne werden von ihm bestimmt. Für alte und junge Steinböcke ist es wichtig, rege zu sein. Ein sehr bewegungsarmes Leben könnte zu Steifheit in den Gelenken, Rheumatismus und sogar Arthritis führen.

Richtige Ernährung

Die meisten Steinböcke haben einen relativ guten Stoffwechsel, weshalb Gewichtsprobleme im Vergleich zu anderen Tierkreiszeichen bei ihnen eher selten sind. Das Zellsalz Calcium Phosphat (Calc. Phos.) könnte eine gute Ergänzung zu ihrer Ernährung sein; als in den Knochen vorherrschendes Salz ist es für sie besonders wichtig.

Gefahrenzonen

Viele Steinböcke sind sportbegeistert, manche sogar hochbegabte Athleten. Sie neigen jedoch stärker als andere Sternzeichen zu Knieverletzungen. Gehen Sie daher auch bei geringen Beschwerden gleich zum Arzt, denn sie könnten chronisch werden, wenn Sie hierbei nachlässig sind.

Wenn Sie den regelmäßigen Zahnarztbesuch auch als unnötige Geldverschwendung betrachten, ist er gerade für Sie besonders wichtig. Sie werden berechtigterweise stolz sein, wenn der Zahnarzt Sie wegen Ihrer guten Mundhygiene lobt, sollten dies aber nicht zum Anlaß nehmen, die regelmäßigen Besuche bei ihm einzustellen.

Als Steinbock haben Sie möglicherweise auch eine besonders schöne, zarte Haut, die ebenfalls spezielle Pflege benötigt. Ihre Haut könnte sehr empfindlich sein, darum sollten Sie eine besonders wirksame Sonnenschutzcreme benutzen, um Rötungen, Flecken und Schlimmerem vorzubeugen.

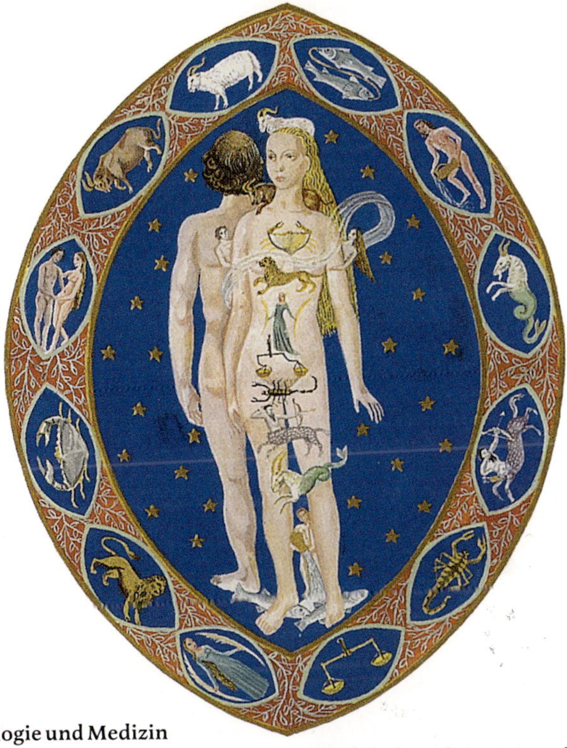

Astrologie und Medizin

Viele Jahrhunderte lang war es unmöglich, die Heilkunst ohne astrologisches Wissen auszuüben. Auf den europäischen Universitäten umfaßte die medizinische Ausbildung die Lehre von den Auswirkungen der Himmelskonstellationen auf die Anwendung von Medikamenten. Gelehrt wurden der Aderlaß, der richtige Zeitpunkt zum Kräutersammeln oder zum Brauen eines Heiltrunks. Jedes Sternzeichen beherrscht einen Teil des Körpers. Von Kopf (Widder) bis Fuß (Fische) – in den Lehrbüchern findet man immer die entsprechende Abbildung eines »Tierkreismannes« oder »-frau«.

STEINBOCK
HOBBYS

JEDES STERNZEICHEN TENDIERT ZU BESTIMMTEN VORLIEBEN IM HOBBY- UND FREIZEITBEREICH ODER FAVORISIERT BESTIMMTE REISEZIELE. DIESE VORSCHLÄGE SIND NICHT VERBINDLICH, ABER ES LOHNT SICH AUF JEDEN FALL, SIE AUSZUPROBIEREN.

Pferderennen

Ein Renntag bedeutet, sich schick anzuziehen und unter die »richtigen« Leute zu kommen, was dem ehrgeizigen Steinbock große Befriedigung bringt.

FERNGLAS

MINIATUR-SPINNRAD

Weben

Das Selbermachen von Dingen aus Naturmaterialien ist für kreative Steinböcke sehr anziehend.

Golfen

Viele Steinböcke sind gerne an der frischen Luft. Golf ist außerdem eine gute Möglichkeit, gleichgesinnte, erfolgsorientierte Menschen zu treffen.

GEOLOGENHAMMER

SORTIMENT GOLF-AUFSÄTZE

Töpferei

Das Arbeiten mit Ton gibt kreativen Steinböcken eine große innere Zufriedenheit und macht ihnen außerem Freude, weil es sie mit ihrem Element in Verbindung bringt.

Geologie

Steinböcke interessieren sich häufig für die tiefe Vergangenheit und die Beschaffenheit der Erdoberfläche.

BRIEFMARKEN

Reisen

Wahrscheinlich genießen Sie die Planung ebenso sehr wie Ihren Urlaub selbst. Mögliche Reiseziele könnten die Orkney- oder Shetland-Inseln sein, ebenso Mexiko oder Indien.

TÖPFERWERKZEUG

STEINBOCK
LIEBE

STEINBÖCKE KONTROLLIEREN MEIST IHRE GEFÜHLE UND MACHEN WENIG WORTE. WAS SIE ABER SAGEN, MEINEN SIE AUCH SO. UM EIN ERFÜLLTES LIEBESLEBEN ZU ERREICHEN, MÜSSEN SIE MANCHMAL ERST LERNEN, SICH ZU ENTSPANNEN.

Steinböcke merken erst einige Zeit nachdem sie ihren späteren Partner getroffen haben, daß sie verliebt sind. Aber wenn sie sich jemandem »ergeben«, dann mit Haut und Haar. Ihre natürliche Vorsicht bewirkt, daß sie sich ihrer Sache erst ganz sicher sein wollen, bevor sie sich selbst, geschweige denn dem anderen, ihre Liebe eingestehen. Vielleicht fürchten sie, zurückgewiesen zu werden, was sie sehr wahrscheinlich mehr verletzen würde als die meisten anderen Tierkreiszeichen.

Als Liebende

Was Gefühle anbelangt, können Steinböcke wirklich sehr zurückhaltend sein, vielleicht sogar so sehr, daß sie kühl und distanziert wirken. Dies ist umso mehr der Fall, wenn sie eine sehr einschränkende und strenge Kindheit hatten. Aber mit dem richtigen Partner werden alle Steinböcke aufblühen und die fröhliche Seite ihres Charakters offenbaren. Ihre Neigung, immer das Richtige und Passende zu tun, wird ihre Treue festigen, wenn sie sich auf eine dauerhafte Beziehung eingelassen haben. Ist es soweit, entwickeln sie ein starkes Bedürfnis, ihren Partner zu schützen und für ihn da zu sein, genauso wie später für ihre Kinder. Wenn sie aber sehr ehrgeizig sind, könnte ihr Streben nach

materieller Weiterentwicklung auf ihr Familienleben übergreifen und nur noch ungenügend Zeit für das Beisammensein lassen. Einem »kleinen« sozialen Aufstieg sind Steinböcke kaum abgeneigt und werden entzückt und stolz sein, mit dem Sohn oder der Tochter ihres Chefs – oder sogar mit ihm selbst – auszugehen.

Liebestypen

Steinböcke drücken ihre Liebe auf fünferlei Weise aus: manche sind sexuell sehr aktive und fordernde Partner. Zuweilen leiden sie an Eifersucht, die unter Kontrolle gebracht werden muß. Manche haben dagegen einen freieren, leidenschaftlicheren Zugang zur Liebe. Auf wieder andere Steinböcke trifft die oben angeführte allgemeine Charakterisierung zu. Sie sind bemüht, treu und beständig zu sein, müssen aber ihre Zurückhaltung überwinden. Eine vierte Gruppe hat geradezu charismatische Wirkung auf ihre Partner, verhält sich aber solange kühl, bis ein Liebhaber das Eis bricht. Schließlich gibt es noch die Steinböcke, die Warnungen in den Wind schlagen, wenn sie verliebt sind, und sich selbst völlig aufgeben.

STEINBOCK

WOHNUNG

JE NACHDEM, WELCHER STEINBOCK-TYP SIE SIND, IST IHR HEIM ENTWEDER SPEZIELL MÖBLIERT UND DEKORIERT, UM ANDEREN ZU IMPONIEREN, ODER ES IST EXTREM SPARTANISCH EINGERICHTET. IHR CHARAKTER OFFENBART SICH IM JEWEILS GEWÄHLTEN STIL.

Viele Steinbocke ziehen ständig von einer Wohnung in die nächste um. Das hat damit zu tun, daß sie, wenn sie auf der sozialen Leiter nach oben steigen, auch ihre Wohnverhältnisse dem jeweils neuerworbenen Status anpassen wollen.

Porzellanservice
Gegenstände aus feinem Porzellan werden häufig stolz präsentiert.

Möbel
Da Steinböcke finanziell sehr verantwortungsbewußt sind, sieht es ihnen nicht ähnlich, Geld für modischen oder unpraktischen Schnickschnack zu verschwenden. Das gilt besonders bei der Wahl ihrer Möbel.

Ihr Geschmack ist möglicherweise eher konservativ. Deshalb werden sie einen zeitlosen Stil bevorzugen und, wenn sie es sich leisten können, auch antike, ebenfalls zeitlose Stücke kaufen. Um diese Möbel zu bekommen, werden sie sich eher in kleinen Geschäften als in großen Kaufhäusern umsehen. Wahrscheinlich zieht sie schönes, hochwertiges Holz – entweder poliert oder naturbelassen – an. Eine Sache, die sie im Gedächtnis behalten sollten, ist ihre Tendenz, anderen Leuten imponieren zu wollen. Dies könnte so weit führen, daß die Wahl ihrer Einrichtung davon beeinflußt wird und die Behaglichkeit dem äußeren Schein geopfert wird.

Stoffe und Tapeten
Gewöhnlich beschränken Steinböcke Textilien auf ein Minium. Vorhänge und Überwürfe sind sorgfältig genäht und drapiert und bestehen aus Naturmaterial wie Leinen. Auch reine Seide kann ihr Favorit sein. Ihre Vorliebe für

Naturmaterialien verdanken sie dem Einfluß des Erdelements auf ihr Sternzeichen. Insgesamt wirken Steinbock-Heime elegant und geschmackvoll. Sie sehen ohne Zweifel teuer aus, selbst wenn es dem Besitzer finanziell weniger gut geht. Meist ist auch eine gewisse Strenge spürbar.

Landhaus-Karo

Fein gemusterte Stoffe machen oft den Stil eines Steinbock-Zuhauses aus.

Elegante Sessel

Sofas und Sessel haben häufig Bezüge aus Naturmaterialien wie Wolle und sind eher hart gepolstert.

Accessoires

Erbstücke stellen sie stolz in ihrem Heim aus, besonders dann, wenn sie aus Silber sind. Familienporträts hängen an einer gut sichtbaren Stelle.

Sie neigen dazu, Gegenstände auf Tischchen und Boards auszustellen. Steinböcke werden häufig von ungewöhnlichen Steinen und Muscheln angezogen. Vielleicht glänzt auf ihrem Fensterbrett ein roher Amethyst. Möglicherweise steht auch ein dezentes Blumenarrangement mit hübsch dekorierten Blüten in ihrem Heim. Porzellangeschirr oder auch Objekte werden oft sorgfältig ausgestellt.

DER MOND UND SIE

Die Sonne prägt unsere Erscheinung, unser Auftreten und wesentliche Merkmale unserer Persönlichkeit. Der Mond, obwohl er nur als Satellit die Erde umkreist, ist aus astronomischer Sicht der zweitwichtigste Himmelskörper im Sonnensystem. Je nachdem, in welchem Zeichen der Mond bei unserer Geburt stand, beeinflusst dies unser empfinden und Erleben, unser »typisches« Verhalten und bis zu einem gewissen Grad auch das, was wir von unseren Eltern und Vorfahren geerbt haben. Mit Hilfe der Tabellen auf den Seiten 56-59 können Sie Ihr eigenes Mondzeichen herausfinden und damit einen weiteren Schritt auf dem Weg zur Entdeckung Ihrer Persönlichkeit tun.

DER MOND IM WIDDER

IHR BEJAHENDER WIDDER-MOND LÄSST SIE POSITIV UND ENTHUSIASTISCH AUF DIE EHRGEIZIGEN PLÄNE UND ZIELE DES STEINBOCKS REAGIEREN. DAS HILFT IHNEN, IHRE NEIGUNG, SICH UND DAS LEBEN ZU ERNST ZU NEHMEN, ZURÜCKZUDRÄNGEN.

Sie reagieren auf die meisten Situationen mit bejahender, lebhafter Begeisterung, was Ihrem praktischen und erdhaftem Wesen Glanz verleiht. Ihr starker Drang, ehrgeizig und zielstrebig zu sein, wird von Ihrem instinktiven Willen zu siegen unterstützt.

Persönlichkeit

In Ihnen steckt alles, was man braucht, um wirklich erfolgreich zu sein. Nur wenige Situationen können Sie erschrecken, und Sie verstehen es gut, hinderliche Gefühle zu überwinden. Ihr Widder-Mond verleiht Ihnen eine Menge emotionaler Energie. Investieren Sie sie in eine Tätigkeit, die Sie wirklich interessiert.

Liebesleben

Sie gehören zu den leidenschaftlichsten Steinböcken. Sie verlieben sich rascher und zeigen mehr Gefühl als andere Angehörige Ihres Zeichens. Ihr Partner wird Ihre positive Einstellung gegenüber der Liebe schätzen. Erlauben Sie Ihrer Leidenschaft, sich frei zu artikulieren und reißen Sie Ihren Partner ruhig mit. Seien Sie sich jedoch bewußt, daß der ärgste Fehler des Widders, seine Selbstsucht, Probleme bereiten könnte.

Gesundheit

Die vom Widder regierte Körperregion ist der Kopf, weshalb Sie häufig zu Kopfschmerzen neigen. Meist sind sie streßbedingt; von Entspannungstechniken wie Yoga können Sie sicher profitieren. Andererseits besteht bei Kopfweh häufig auch ein Zusammenhang mit den Nieren. Es könnte sein, daß Ihre Nierenfunktion beeinträchtigt ist.

Widder sind hastig und neigen zu kleineren Unfällen. Als Steinbock sind Sie vorsichtig und geduldig genug, diese Tendenz abzuschwächen, manchmal jedoch sind Sie etwas zu sorglos. Anstrengende Sport- und Trainingsformen dürften Ihnen viel Spaß machen.

Der Mond im Widder

Finanzen

Nach echter Steinbockart sind Sie äußerst vorsichtig im Umgang mit Geld und gehen daher bei Investitionen sehr klug vor. Ihr Widder-Mond gibt Ihnen den unternehmerischen Geist, der Sie zu Anlagegeschäften ermutigt.

Menschen mit Widder-Einfluß haben häufig mehrere Einkommensquellen. Auch Sie könnten zu dieser Gruppe gehören. Wahrscheinlich sind Sie auch großzügiger als andere Steinböcke und reagieren – ganz widdertypisch – umgehend auf jede Form von Not oder Bedürftigkeit, häufig, indem Sie Geld spenden.

Familie

Steinböcke haben gern Zeit für sich selbst, vielleicht zum Lesen oder Musikhören. Achten Sie darauf, daß Sie diese freie Zeit auch wirklich haben. Es fällt Ihnen nicht schwer, mit den Vorstellungen Ihrer Kinder mitzuhalten. Daher werden Sie kaum Konflikte mit der jungen Generation haben.

DER MOND IM STIER

SOWOHL STEINBOCK ALS AUCH STIER HABEN ALS ELEMENT DIE ERDE. DURCH DEN STIER-MOND ERHÄLT DIE SEHR PRAKTISCH ORIENTIERTE, EHER VORSICHTIGE SEITE IHRES CHARAKTERS WÄRME UND HERZLICHKEIT.

Ihre Sonne-Mond-Kombination zählt zu den vorsichtigsten und praktischsten unter den Steinböcken. Sie haben die Gabe, Ihre Talente und Fähigkeiten stetig und wirkungsvoll weiterzuentwickeln und solides materielles Wachstum zu erzielen.

Persönlichkeit

Steinböcke besitzen eine lebhafte, fast leichtsinnige Seite in ihrem Wesen. Wenn Sie aber zu sehr mit Ihrer beruflichen Karriere und Ihrer Familie beschäftigt sind und damit, Ihren Kindern möglichst alles, was sie brauchen, zu verschaffen, könnten Ihre lebendigen Züge zurückgedrängt werden.
Der Mond ist im Stier traditionell »gut plaziert«, d. h. sein Einfluß auf Sie ist größer als auf andere Menschen. Unter anderem verstärkt er die Vorliebe für ein angenehmes, vergnügungsreiches Leben. Sie sollten sich dieser Neigung ruhig hingeben, denn nur so werden Sie die Früchte Ihrer Arbeit genießen.

Liebesleben

Ihr Stier-Mond verstärkt Ihr natürliches Bedürfnis nach gefühlsmäßiger und materieller Sicherheit. Sie brauchen eine stabile, dauerhafte Beziehung und einen zuverlässigen Partner, mit dem Sie gemeinsam durchs Leben gehen können. Sie sind ein liebe- und gefühlvoller Liebespartner und fähig, ein erfülltes und schönes Liebes- und Sexleben zu genießen. Vergessen Sie aber nicht, daß der schlimmste Fehler des Stiers sein besitzergreifendes Wesen ist. Auch Sie könnten Ihrem Partner gegenüber allzu bestimmt auftreten, was eine gespannte Atmosphäre schaffen kann.

Gesundheit

Die Körperregion des Stiers sind Nakken und Hals, die Sie deshalb besonders pflegen sollten.

Menschen mit Stier-Einfluß sind mit Sport oft zurückhaltend und haben zudem häufig einen langsamen Stoff-

Der Mond im Stier

wechsel. Als Steinbock trifft Sie das weniger. Wenn Sie zu Übergewicht neigen, sollten Sie Sport treiben. Wahrscheinlich haben Sie auch einen »süßen Zahn« und lieben schweres Essen; die entsprechenden Kalorien und Pfunde werden Spuren auf Ihrer Figur hinterlassen.

Finanzen

Sie können vermutlich sehr gut mit Geld umgehen und sind deshalb vielleicht Bank- oder Versicherungskaufmann geworden. Sie gehen keine finanziellen Risiken ein und wenden eine Menge Sorgfalt auf, damit mit Ihrem Geld auch wirklich nichts Unvorhergesehenes passiert.

Familie

Obwohl Sie ehrgeizig sind, was Ihre Kinder anbelangt, und liebevoll mit Ihnen umgehen, neigen Sie dazu, konservativ und sehr streng zu sein. Bemühen Sie sich darum, die Probleme und Fragen Ihrer Kinder im Blick zu behalten. Sonst könnte sich eines Tages eine Kluft zwischen Ihnen auftun.

DER MOND IM
ZWILLING

IHRE HOCHFLIEGENDE, EHRGEIZIGE STEINBOCK-SEITE WIRD DURCH IHREN ZWILLINGMOND EIN WENIG AUFGEHELLT. DIES MACHT SIE VIELSEITIGER, LÄSST SIE JEDOCH IN VERZWICKTEN SITUATIONEN LEICHT ZAUDERN. SIE HABEN VIEL HUMOR.

Die Kombination aus Erde, dem Element des Steinbocks, und Luft, dem Element des Zwillings, läßt vermuten, daß Ihre Persönlichkeit viele interessante Facetten besitzt.

Persönlichkeit

Auf Herausforderungen reagieren Sie unbeschwert, doch rational, neugierig und dennoch zurückhaltend. An Diskussionen nehmen Sie lebhaften Anteil und spielen gerne den Advokat des Teufels, um Ihren Standpunkt durchzusetzen.

Sie sind weniger eindimensional als andere Steinböcke, und eine natürliche Vielseitigkeit sowie die Tendenz, mehrere Dinge auf einmal zu tun, macht es spannend, in Ihrer Gesellschaft zu sein. Vermutlich haben Sie viele Interessen und sammeln gerne Krimskrams.

Als jemand, der gerne mit anderen kommuniziert, dürfte eine Tätigkeit in den Medien für Sie in Frage kommen. Wenn es Ihnen gelingt, einen etwaigen Hang zur Oberflächlichkeit einzudämmen, können Sie die Qualitäten Ihres Zwillingmonds gut für sich nutzen.

Liebesleben

Sie nehmen Ihr Liebesleben weniger ernst als andere Steinböcke und können zeitweise flatterhaft und kokett sein. Sie genießen das noch freundschaftliche Stadium einer neuen Beziehung besonders und finden Freundschaft und Verständigung auf geistiger Ebene für eine dauerhafte Beziehung sehr entscheidend. Was Sex betrifft, sind Sie lebhaft und experimentierfreudig; bedenken Sie dies, wenn Sie eine Beziehung eingehen. Die zwillingtypische Dualität könnte Probleme bringen.

Gesundheit

Die dem Zwilling zugeordnete Körperregion sind Arme und Hände; sie sind deshalb leicht verletzbar. Suchen Sie sich ein Hobby, bei dem Sie Ihre Finger

Der Mond im Zwilling

energisch betätigen können. Dies würde der bei Steinböcken häufig vorhandenen Neigung zu steifen Gelenken vorbeugen. Wahrscheinlich lieben Sie schnelle Übungen, die Konzentration erfordern. Ihre Neigung zu Langeweile könnte Ihnen jedoch Probleme bereiten. Bemühen Sie sich um mehr Ausdauer.

Finanzen

Möglicherweise haben Sie, was die Organisation Ihrer Finanzen betrifft, eine weniger glückliche Hand als andere Steinböcke. Sie gehören zu den wenigen Sonne-Mond-Kombinationen des Zeichens, die professionellen Rat einholen sollten, wenn sie Geld anlegen wollen.

Familie

Sie halten gut mit den Ansichten Ihrer Kinder mit, sind ihnen manchmal sogar voraus. Geben Sie acht, daß Sie nicht zu streng mit ihnen sind. Ihre Logik ist bewundernswert, aber eine liebevolle Umarmung kann manchmal sehr viel mehr bewirken.

DER MOND IM KREBS

STEINBOCK UND KREBS SIND ENTGEGENGESETZTE ODER POLARE ZEICHEN. DAS BEDEUTET, DASS SIE UNTER VOLLMOND GEBOREN WURDEN. SIE KÖNNTEN ZU RASTLOSIGKEIT NEIGEN, SIND ABER ANDEREN GEGENÜBER HERZLICH UND GEFÜHLVOLL.

Jeder von uns ist auf die eine oder andere Weise der Wirkung seines polaren Zeichens ausgesetzt und drückt dies im Verhalten auch aus. Jedes Tierkreiszeichen hat im Horoskop seinen Partner; für Steinböcke ist es der Krebs. Da der Mond bei Ihrer Geburt im Krebs stand, ist die Polarität sehr stark. Weil der Mond zudem den Krebs regiert, beeinflußt er Sie besonders.

Persönlichkeit

Ihr Krebsmond macht Sie anderen Menschen gegenüber warmherzig und feinfühlig; er aktiviert offenbar aber auch ein Verteidigungssystem, das in Aktion tritt, wann immer Sie sich herausgefordert fühlen. Möglicherweise fehlt es Ihnen an Selbstbewußtsein.

Liebesleben

Sie sind um einiges gefühlvoller als andere Steinböcke und bringen viel von sich in die Beziehung ein. Als aufmerksamer Partner wissen Sie instinktiv, wie Sie Ihrem Partner Freude machen können. Sie sollten sich jedoch bewußt sein, daß Ihr Bestreben, ein Klima der Wärme und Geborgenheit zu schaffen, Ihren Partner zuweilen auch einengen könnte.

Sie sind eine Kämpfernatur. Dies und Ihre starke Phantasie können Sie schon in Raserei bringen, wenn Ihr Partner nur einmal später nach Hause kommt. Sie sollten Ihre Phantasie besser kreativ beschäftigen.

Gesundheit

Die Körperregion des Krebses ist die Brust. Obwohl zwischen dem Zeichen und der Krankheit gleichen Namens keine Verbindung besteht, ist es für weibliche Steinböcke ratsam, sich regelmäßig auf Brustkrebs untersuchen zu lassen.

Ihre Neigung, sich Sorgen zu machen, könnte Ihre Verdauung beeinträchtigen, und Ärger schlägt Ihnen leicht auf den Magen. Auch Ruhelosig-

Der Mond im Krebs

keit könnte Ihnen zu schaffen machen. Entspannung durch Yoga ist eine gute Alternative.

Finanzen

Neben Ihren praktischen Steinbockfähigkeiten besitzen Sie instinktiven Scharfsinn, der von Ihrem Krebsmond herrührt. Sie verstehen es, Ihr Geld für sich arbeiten zu lassen, und sollten sich besonders dann, wenn Sie eine Investition planen, von Ihrem Instinkt leiten lassen. Sie könnten manchmal glauben, Sie stünden finanziell schlechter da, als es tatsächlich der Fall ist. Sie tun gut daran, Ihre Finanzlage von Zeit zu Zeit zu überprüfen, um festzustellen, daß Sie die Früchte Ihrer Arbeit eigentlich viel ausgiebiger genießen könnten, als Sie dachten.

Familie

Sie sind fürsorglich und liebevoll zu Ihren Kindern. Doch könnte es sein, daß Sie es ihnen übelnehmen, wenn sie sich eines Tages entschließen, das Haus zu verlassen. Füllen Sie die entstehende Lücke mit neuen Herausforderungen. Versuchen Sie, mit den Ideen und Ansichten Ihrer Kinder Schritt zu halten, dann werden Sie Konflikte umgehen.

DER MOND IM LÖWEN

IHR FEURIGER, WARMHERZIGER LÖWE-MOND GIBT IHRER PERSÖNLICHKEIT UND IHREM HANDELN FARBE UND VERBESSERT IHR ORGANISATORISCHES GESCHICK. HÜTEN SIE SICH JEDOCH VOR UNPASSENDER ANGEBEREI UND HERRSCHSUCHT.

Unter dem Einfluß Ihres Löwe-Mondes reagieren Sie auf Herausforderungen mit Spontanität und Begeisterung. Ihr instinktives Organisationsgeschick tritt bereitwillig in Aktion, so daß Sie die meisten Situationen leicht unter Kontrolle bekommen.

Persönlichkeit

Wenn Sie Dinge in die Hand nehmen – und das tun Sie häufig –, vergessen Sie nicht zu lächeln und Ihren Charme spielen zu lassen, damit Sie Ihre Ziele erreichen, ohne daß man Ihnen vorhält, Sie seien autoritär.

Die meisten Menschen mit Löweeinfluß haben kreative Fähigkeiten. Musik, Schauspielerei, Holzschnitzerei oder Malerei faszinieren Sie

Liebesleben

Löwe und Steinbock haben beide Sinn für Stil und stellen sich gerne dar. Dies kommt sicherlich auch zum Vorschein, wenn Sie sich verlieben. Hüten Sie sich vor herrischem Auftreten, und nehmen Sie es ernst, wenn man Ihnen derartige Vorwürfe macht. Eine Beziehung, die eigentlich schön wäre, könnte sonst darunter leiden.

Gesundheit

Die Löwe-Körperpartien sind das Rückgrat und der Rücken. Sie sollten regelmäßig Übungen machen, um Ihren Rücken beweglich zu halten. Wenn Sie viel Zeit hinter dem Schreibtisch verbringen, wäre ein Stuhl gut, der den Rücken entlastet. Das Löwe-Organ ist das Herz. Es muß trainiert werden, wenn es Ihnen lange zur Verfügung stehen soll. Vermutlich mögen Sie die klassischen Steinbock-Sportarten Wandern und Joggen. Ihnen könnten aber auch mehr ästhetische Sportarten wie Tanzen, Schlittschuh- oder Rollschuhlaufen gefallen.

Finanzen

Obwohl Steinbock und Löwe in vieler-

Der Mond im Löwen

lei Hinsicht verschieden sind, haben Sie eine Sache gemeinsam: Beide lieben und schätzen echte Qualität und haben einen ziemlich teuren Geschmack. Doch gibt es auch hier einen Unterschied: Löwen greifen deshalb zu Qualität, weil es ihnen Befriedigung verschafft; Steinböcke dagegen geben Geld aus, um anderen Leuten – besonders denen, die ihnen nützlich sein könnten – zu imponieren. Ohne Zweifel werden Sie auf die eine oder andere Weise eine Menge Geld ausgeben. Wenn Sie deshalb Schuldgefühle bekommen sollten, vergessen Sie nicht, daß Sie sonst in Gelddingen sehr bedacht sind und auch sparsam sein können. Sie benötigen vermutlich keine professionelle Hilfe, wenn Sie Geld anlegen wollen.

Familie

Sie sind ein wunderbarer Elternteil, solange Sie keine unüberwindbare Distanz zwischen sich und Ihren Kindern aufkommen lassen. Folgen Sie Ihrem Gefühl, und zeigen Sie ihnen Ihre Zuneigung. Ermutigen Sie sie bei ihren Bemühungen. Versuchen Sie mit ihren Meinungen und Anliegen Schritt zu halten, dann werden Sie keine Probleme mit ihnen bekommen.

DER MOND IN DER JUNGFRAU

ZEIGEN SIE IHRE EHRGEIZIGEN UND HOCHSTREBENDEN STEINBOCK-ANTEILE OHNE EINSCHRÄNKUNG, UND LASSEN SIE SICH NICHT VON UNTERLEGENHEITSGEFÜHLEN ZURÜCKHALTEN. SIE SIND KÄMPFERISCH, ABER AUCH SEHR WORTGEWANDT.

Sowohl Steinbock als auch Jungfrau sind Erdzeichen. Als Folge davon sind Sie sehr praktisch veranlagt und haben einen ungewöhnlich starken, in die Zukunft blickenden, gesunden Menschenverstand.

Persönlichkeit

Probleme gehen Sie überlegt und logisch an, obwohl Sie in schwierigen Situationen oder angesichts von unerwarteten Herausforderungen ziemlich nervös reagieren können und Ihnen das nötige Selbstvertrauen fehlt. Zeigen Sie mehr Steinbock-Kaltblütigkeit.

Sie haben einen scharfen, analytischen Verstand und können Probleme sehr gut in ihren Einzelheiten erfassen. Vergessen Sie darüber jedoch nicht die Gesamtheit des Problems, und behalten Sie stets den Überblick.

Sie könnten sehr schüchtern sein und nach außen einen kühlen, zurückhaltenden Eindruck machen. Möglicherweise wurden Sie streng erzogen und von Ihren Eltern häufig zurückgehalten. Das könnte Sie mehr als andere ungut beeinflußt haben. Ohne Zweifel sind Sie klug genug zu merken, was da passiert ist, und in der Lage, mit Problemen, die als Folge aufgetreten sind, zurechtzukommen.

Liebesleben

Obwohl Sie normalerweise ein gewandter Gesprächspartner sind, könnte es Ihnen schwerfallen, über Gefühle zu sprechen. Seien Sie nicht zu bescheiden. Versuchen Sie zu entspannen, und lassen Sie die Beziehung sich entwikkeln. Jungfrauen können sehr kritisch sein; mäkeln Sie nicht zu häufig an Ihrem Partner herum.

Gesundheit

Der Magen wird von der Jungfrau regiert. Sie brauchen viele Ballaststoffe und könnten vegetarisches Essen mögen. Möglicherweise machen Sie sich häufig zuviel Sorgen; das kann Ihren

Der Mond in der Jungfrau

Magen angreifen. Weil Sie viel Nervosität in sich tragen, neigen Sie zu Streß und Anspannung und könnten es schwierig finden, ruhig dazusitzen oder richtig abzuschalten. Yoga oder andere Entspannungstechniken werden viel zur Lösung dieses Problems beitragen.

Finanzen

Sie gehen gewöhnlich vorsichtig und praktisch mit Geld um. Manchmal könnten Sie fast zu vorsichtig sein, so daß Ihr Geld nicht so viel abwirft, wie es eigentlich könnte. Wägen Sie verschiedene Anlagemöglichkeiten ab. Ihre kritische Natur wird dafür sorgen, daß es sich für Sie auszahlt.

Eltern

Während Sie im Umgang mit Ihren Kindern zwar gerecht sind, könnten Sie kritischer sein als Sie ahnen, und damit ihr Selbstvertrauen erschüttern. Ermutigen Sie sie; sie sind vielleicht ebenso ehrgeizig wie Sie selbst.

DER MOND IN DER
WAAGE

IHR WAAGE-MOND MACHT SIE SEHR DIPLOMATISCH, UND SIE HABEN DIE GABE, ANDERE MENSCHEN ZU BEZAUBERN. SIE MÖGEN DAS ANGENEHME GESELLSCHAFTLICHE LEBEN UND ERLIEGEN AB UND ZU IHREM EHRGEIZ, DEN SOZIALEN AUFSTIEG ZU SCHAFFEN.

Ihr Sonnen- und Ihr Mondzeichen sind kardinale Zeichen. Das macht Sie zu einem offenen Menschen. Sie können auf andere Leute sehr sympathisch und einfühlsam reagieren.

Persönlichkeit

Wenn Sie mit schwierigen Situationen konfrontiert werden, reagieren Sie zunächst sehr zögerlich. Aber dann kommt Ihr Steinbock-Temperament zum Vorschein und sagt Ihnen, wo Sie stehen und was Sie tun sollen. Sie haben immer Zeit für andere, speziell, wenn sie in Nöten sind. Dadurch machen Sie den Eindruck, bestenfalls gemütlich, schlimmstenfalls aber faul zu sein. Daß dieser Anschein trügt, wissen Sie so gut wie andere.

Liebesleben

Sie werden sich möglicherweise so lange nicht als ganzer Mensch fühlen, bis Sie eine befriedigende und dauerhafte Partnerschaft gefunden haben. Sie brauchen diese für Sie so wichtige Beziehung zu einem Menschen, der Ihnen nahe steht, wirklich. Aber Sie benötigen auch Freiraum und Zeit für sich selbst. Bedenken Sie dies bei Ihrer Partnersuche. Sie gehören zu den Romantikern unter den Steinböcken und genießen es, mit Ihrem Partner unvergeßliche, oft teure und luxuriöse Dinge zu unternehmen.

Gesundheit

Die Waage bestimmt die Nieren, und wenn Sie ständig an Kopfschmerzen leiden, sollten Sie sich untersuchen lassen; vielleicht haben Sie leichte Nierenbeschwerden. Auch der Rücken ist Waage-regiert. Wenn er oft schmerzt, sollten Sie sich einen speziellen Gesundheitsstuhl anschaffen und viel Rückengymnastik machen. Sie sind nicht ganz so sportbegeistert wie andere Steinböcke. Da Sie reichhaltiges und süßes Essen mögen, könnten Sie leicht Gewichtsprobleme bekommen. Trei-

Der Mond in der Waage

ben Sie Sport zusammen mit netten Menschen in freundlicher Umgebung, beispielsweise in einem Fitneßclub oder Gymnastikverein.

Finanzen

Was Geld betrifft, sind Sie von allen Steinböcken am unvorsichtigsten. Sie verschwenden es zwar nicht, haben aber gerne schöne Dinge um sich. Wenn Sie investieren, sollten Sie sich von Ihrem Steinbock-Instinkt leiten lassen. Wenn Sie feststellen, daß es Ihnen schwerfällt, regelmäßig zu sparen, wäre es gut, finanziellen Rat einzuholen.

Familie

Sie sind ein gütiger Elternteil, der die Bedürfnisse seiner Kinder ebenso berücksichtigt wie die anderer Leute. Lassen Sie jedoch nicht die waagetypische Unentschlossenheit zwischen sich und Ihre Kinder treten. Ermutigen Sie sie bei ihren Vorhaben; es zahlt sich am Ende aus. Da Sie immer gerecht und aufmerksam sind, dürften Sie wenig Probleme mit ihnen bekommen.

DER MOND IM SKORPION

SIE BESITZEN EIN STARKES POTENTIAL AN EMOTIONALER ENERGIE, DIE IHRE ENTSCHLOSSENHEIT, ALLE GESTECKTEN ZIELE ERFOLGREICH ZU ERREICHEN, NOCH VERSTÄRKT. HÜTEN SIE SICH ABER DAVOR, VON IHNEN BESESSEN ZU WERDEN.

Das Element der Steinbock-Sonne, die Erde, und das Element Wasser des Skorpion-Mondes passen gut zueinander. Sie sind in der Lage, das beste aus den beiden Einflüssen zu machen.

Persönlichkeit

Ihre starke geistige und körperliche Energie in den Momenten, in denen Sie gefordert sind, sowie die Entschlossenheit und der Ehrgeiz des Steinbocks geben Ihnen die Chance, sehr erfolgreich zu sein.

Es ist wichtig für Sie, in Ihrer Arbeit ganz aufzugehen. Wenn Sie nur arbeiten, um Geld zu verdienen, werden Ihre Motivation und Ihre Energien an einem bestimmten Punkt steckenbleiben. Sobald Sie Alarmsignale bemerken, sollten Sie Ihre Situation überdenken und nötigenfalls Änderungen vornehmen.

Seien Sie mit Ihren Kollegen nicht unnachsichtig. Sie sollten immer an das alte Sprichwort denken: »Was du nicht willst, daß man dir tu', das füg' auch keinem andern zu.«

Liebesleben

Ihre starken Gefühle machen Sie zu einem leidenschaftlichen Liebespartner, der ein reiches und erfülltes Liebes- und Sexleben braucht. Sie sind ein fordernder Partner und brauchen einen begeisterten Liebhaber. Der schlimmste Skorpionfehler ist die Eifersucht, und es könnte sein, daß dieses unnütze, negative Gefühl gelegentlich in Ihnen aufsteigt. Hören Sie auf die vernünftigen Erklärungen Ihres Partners.

Gesundheit

Die dem Skorpion zugeordnete Körperregion ist der Genitalbereich. Männer und Frauen mit dieser Sonne-Mond-Konstellation sollten in diesem Bereich besonders auf ihre Gesundheit achten. Skorpione genießen es, es sich richtig

Der Mond im Skorpion

gutgehen zu lassen, das heißt: gutes Essen und exquisite Weine. Sie könnten dazu neigen, stark zuzunehmen. Diät zu halten, dürfte Ihnen schwerfallen; wenn Sie Ihr Idealgewicht erreicht haben, könnten Sie sich daher zu einem Festmahl hinreißen lassen. Sie mögen die Disziplin und beständige Routine von regelmäßigem Sport.

Finanzen

Sie können gut mit Geld umgehen und haben eine gute Nase dafür, wie es zu verdienen ist. Ihre Sonne-Mond-Kombination läßt vermuten, daß Ihnen Geschäfte liegen und daß Sie erfolgreich ein eigenes Unternehmen aufbauen könnten. Sie haben keine Probleme mit Investitionen.

Familie

Sie könnten so mit Ihrer Karriere beschäftigt sein, daß zu wenig Zeit für Ihre Kinder bleibt. Hören Sie Ihren Kindern zu und ermutigen Sie sie in ihrem Bestreben und ihren Interessen.

DER MOND IM SCHÜTZEN

DIE EINSICHT DES SCHÜTZEN IN VIELE DINGE UND DIE FÄHIGKEIT, HERAUSFORDERUNGEN ANZUNEHMEN, PASST GUT ZUM GROSSEN EHRGEIZ DES STEINBOCKS. IHR STEINBOCK-HUMOR WIRD DURCH DEN SCHÜTZEMOND NOCH VERSTÄRKT.

Der Einfluß Ihres Schütze-Mondes beschert Ihnen eine Menge zusätzlicher positiver Eigenschaften. Wenn Sie davon Gebrauch machen, könnten Sie viel in Ihrem Leben erreichen.

Persönlichkeit

Ihr Mondzeichen verleiht Ihnen Optimismus, für den pessimistischen und schwermütigen Steinbock ein ungewohntes Gefühl und Anlaß zu Stimmungsschwankungen. Begegnen Sie ihnen mit dem gesundem Menschenverstand und dem sachlichen Ehrgeiz des Steinbocks. Sie haben Scharfsinn und sind intelligent. Lassen Sie beides nicht ungenutzt. Es ist wichtig für Sie, geistig gefordert zu werden. Vielleicht haben Sie Spaß daran, eine Fremdsprache zu lernen.

Liebesleben

Der Schütze ist ein warmherziges, liebevolles und gefühlvolles Zeichen. Es wird Ihnen nicht schwerfallen, dies zu zeigen. Sie sind leidenschaftlich und möchten ein reiches und erfülltes Liebes- und Sexleben genießen. Vielleicht nehmen Sie diesen Bereich Ihres Lebens nicht so ernst wie andere Steinböcke, aber dafür haben Sie mehr Spaß daran. Sie brauchen in einer Beziehung einige Freiheit und sollten dies im Hinterkopf behalten, wenn Sie sich für eine dauerhafte Bindung entscheiden. Der schlimmste Fehler des Schützen ist die Rastlosigkeit. Lassen Sie Ihren Partner nicht darunter leiden und geben Sie ihm keinen Anlaß zur Eifersucht.

Gesundheit

Die Problemzonen des Schützen sind Hüfte und Oberschenkel. Frauen dieses Zeichens neigen besonders an diesen Stellen zu Gewichtszunahme. Spezielle Gymnastik hilft und macht zudem muskulös. Auch leichteres Essen wäre ratsam. Das Organ des Schützen ist die Leber, und da Menschen dieses Zei-

Der Mond im Schützen

chens gehaltvolle Fleischgerichte, herzhafte Aufläufe und Wein und Bier lieben, sollten Sie immer ein Mittel gegen die unliebsamen Begleiterscheinungen exzessiven Essens und Trinkens zur Hand haben. Seien Sie aktiv, und sorgen Sie für viel Bewegung.

Finanzen

Obwohl Sie äußerst praktisch sind und gut mit Geld umgehen können, haben Sie eine tief verwurzelte Neigung zum Glücksspiel. Sie genießen das finanzielle Risiko, sei es nun das erregende Erlebnis eines großen Rennens oder der leichtsinnige Ankauf von Aktien. Meistens haben Sie sich aber unter Kontrolle. Bei wichtigen finanziellen Entscheidungen holen Sie besser den Rat eines Experten ein.

Familie

Sie sind ein lebhafter und begeisterter Elternteil und lieben es, den Verstand Ihrer Kinder anzuregen und Ihre Bemühungen zu unterstützen. Seien Sie ehrgeizig, aber nicht zu autoritär. Sie werden wenig Probleme mit dem Generationenkonflikt haben, wenn Sie auch mit älteren Kindern möglicherweise besser zurechtkommen als mit Kleinkindern.

DER MOND IM STEINBOCK

WEIL SOWOHL SONNE ALS AUCH MOND BEI IHRER GEBURT IM STEINBOCK STANDEN, WURDEN SIE UNTER NEUMOND GEBOREN. DAS ELEMENT DES STEINBOCKS, DIE ERDE, BEEINFLUSST IHRE PERSÖNLICHKEIT UND IHRE REAKTIONEN BESONDERS STARK.

Wenn Sie eine Liste Ihrer praktischen, hochstrebenden Steinbock-Eigenschaften studieren, werden Sie finden, daß ein hoher Prozentsatz davon auf Sie zutrifft. Im Durchschnitt bezeichnen Menschen etwa elf oder zwölf von insgesamt zwanzig Eigenschaften als für sie zutreffend. Mit Sonne und Mond im Steinbock dürfte bei Ihnen die Quote jedoch weit höher liegen.

Persönlichkeit

Ihr Mondzeichen bewirkt, daß Sie sich schnell mit ehrgeizigen Vorhaben und diffizilen Projekten anfreunden können und diese auch sofort in Angriff nehmen. Jedoch schwanken Sie möglicherweise zwischen positivem, ehrgeizigem Denken und einer eher negativen, selbstzweiflerischen Haltung.

Sie besitzen zweifellos den wunderbaren, unkonventionellen Humor des Steinbocks, der ganz spontan zum Vorschein kommt. Aber Sie sind dennoch nicht davor gefeit, mürrisch zu sein und sich darüber zu beklagen, daß in Ihrem Leben nichts so läuft, wie es soll. Lassen Sie Ihrer positiven Seite den Vorrang!

Liebesleben

Sie äußern Ihre Gefühle möglicherweise nicht sehr offen. Das paßt zu Ihrer natürlichen Vorsicht und Ihrem instinktiven Selbstschutz. Haben Sie sich einmal für jemanden entschieden, sind Sie sehr treu und führen ein reiches und erfülltes Liebes- und Sexleben. Sie werden sich für den Erfolg Ihres Partners einsetzen. Trotzdem könnten Sie ein wenig veraltete und konventionelle Ansichten haben, was die Entwicklung Ihrer Beziehung betrifft.

Gesundheit

Die Seiten in diesem Buch, in denen es um Gesundheit geht (Seite 22-23), gelten besonders für Sie. Ihre körperlichen Gefahrenzonen sind sehr stein-

Der Mond im Steinbock

bocktypisch. Sie sind noch anfälliger für Rheumaschmerzen und Arthritis als andere Angehörige Ihres Zeichens.

Finanzen

Sie bemühen sich gerne, wichtigen Menschen zu imponieren. Im großen und ganzen verwenden Sie Ihr Geld sinnvoll, könnten aber manchmal glauben, Sie stünden finanziell schlechter da, als dies tatsächlich der Fall ist. Versuchen Sie bei Investitionen auf Ihre natürliche Vorsicht zu hören, und es wird kaum etwas schiefgehen.

Familie

Sie möchten viel für Ihre Kinder erreichen und arbeiten dafür sehr hart. Aber da Sie immer sehr beschäftigt sind, könnte es sein, daß Sie den Kindern zu wenig Zeit widmen und diese den Eindruck bekommen, daß Sie ihnen fremd sind.

Sie sind konservativ eingestellt und könnten ziemlich streng sein. Das muß nicht schlecht sein, solange Sie versuchen, die Anliegen und Probleme Ihrer Kinder zu verstehen. So umgehen Sie den Generationskonflikt.

DER MOND IM

WASSERMANN

VIELLEICHT BRAUCHEN SIE UNABHÄNGIGKEIT, SOLLTEN ABER VERMEIDEN, DEN RUF EINES KÜHLEN UND DISTANZIERTEN MENSCHEN ZU BEKOMMEN. OBWOHL UNKONVENTIONELLES SIE ANZIEHT, BLEIBT IHR VERHALTEN IM RAHMEN DER KONVENTION.

Wassermann und Steinbock sind benachbarte Zeichen im Tierkreis, und bis zur Entdeckung des Uranus im 18. Jahrhundert wurden beide vom Planeten Saturn bestimmt. Aus diesem Grund haben sie eine ganze Menge Gemeinsamkeiten; sie könnten aber in mancher Hinsicht gar nicht unterschiedlicher sein. Ihre Steinbock-Sonne sorgt dafür, daß Ihre Ansichten und Ihr Auftreten im allgemeinen eher konventionell sind, während der Wassermann-Mond Sie zuweilen recht unkonventionell reagieren läßt.

Persönlichkeit

Steinbock und Wassermann zeigen beide ihre Gefühle nicht sehr offen. Sie haben zwar eine Ausstrahlung, die auf das andere Geschlecht sehr anziehend wirkt, senden aber instinktiv Signale aus, die Ihren Bewunderern zu verstehen geben, daß sie Sie zwar bewundern dürfen, aber möglichst aus der Ferne. Trotz allem sind Sie wunderbar romantisch, wenn Sie erst einmal verliebt sind. Ihre Einstellung zur Liebe zeigt sich auch darin, daß Sie sich länger als die meisten Menschen Zeit lassen, eine Beziehung zu vertiefen oder gar in eine Heirat einzuwilligen; wahrscheinlich weil Sie Ihre Unabhängigkeit so sehr schätzen.

Gesundheit

Der Wassermann regiert die Knöchel; wenn Sie gern modische, nicht besonders stabile Schuhe tragen, könnten Sie sich leicht die Knöchel verstauchen. Der Kreislauf wird ebenfalls vom Wassermann regiert. Sie frieren leicht und sollten sich bei kaltem Wetter warm anziehen, am besten, indem Sie mehrere leichte Kleidungsstücke übereinander tragen. Sie mögen körperliches Training, besonders wenn Sie dabei auch kreativ sein können. Alles, was mit Tanzen zu tun hat, Schlittschuh- und Eislaufen könnte Ihnen liegen. Es regt Ihren Kreislauf an und ist als Vor-

Der Mond im Wassermann

beugung gut gegen die steinbocktypischen steifen Gelenke und rheumatischen Beschwerden. Viele Steinböcke lieben die klassische gute Küche. Mit Fisch, Geflügel und abwechslungsreichen, raffinierten Salaten treffen Sie eine gute Wahl.

Finanzen

Sie sind leichtsinniger in Gelddingen als die meisten Steinböcke und finden originelle, aber möglicherweise unvernünftige Anlagemodelle attraktiv. Seien Sie vorsichtiger, und setzen Sie nicht mehr ein, als Sie sich leisten können! Lassen Sie in allen Situationen Ihren gesunden Menschenverstand walten.

Familie

Für Sie dürfte der Generationskonflikt kein Problem sein, vorausgesetzt, das strenge, konservative Steinbock-Element Ihrer Persönlichkeit gleicht Ihre unberechenbare Wassermann-Natur ein wenig aus.

DER MOND IM FISCH

IHR FISCH-MOND HILFT IHNEN, IHRE GEFÜHLE OFFENER ZU ZEIGEN, UND LÄSST SIE HERZLICHER UND EINFÜHLENDER SEIN. VIELLEICHT MÜSSEN SIE BEWUSST AN IHREM SELBSTVERTRAUEN ARBEITEN. SCHMÄLERN SIE NICHT IHREN STEINBOCK-EHRGEIZ.

Das Erd-Element Ihres Sonnenzeichens und das Wasser Ihres Mondzeichen passen gut zusammen. Als Steinbock sind Sie praktisch veranlagt und vorsichtig, aber durch den Mondeinfluß sind Sie auch einfühlsam und haben wenig Schwierigkeiten, Gefühle zu zeigen. Möglicherweise mangelt es Ihnen an Selbstvertrauen, und Sie sollten bewußt versuchen, Ihre ehrgeizigen und hochstrebenden Steinbockeigenschaften mehr zu zeigen.

Persönlichkeit

Weil Sie sehr sensibel sind, könnten Sie nachhaltiger unter der elterlichen Strenge gelitten haben. Dies läßt Sie jetzt vielleicht vor größeren Entscheidungen und neuen Entwicklungen zurückschrecken. Stacheln Sie Ihren Ehrgeiz an und bieten Sie die innere Stärke auf, die gesteckten Ziele auch zu erreichen. Ihr freundliches und warmherziges Wesen prädestiniert Sie für eine Karriere im sozialen Bereich.

Liebesleben

Sie gehen herzlich und liebevoll mit Ihrem Partner um und sind in der Lage, ein wirklich erfülltes Liebes- und Sexleben zu führen. Die größte Schwäche der Fische ist ihre Neigung, sich und andere zu täuschen. Als Steinbock verabscheuen Sie diese Eigenschaft: Sie sollten sie erfolgreich bekämpfen.

Wenn Sie sich verlieben, neigen Sie dazu, Ihren Partner durch die rosarote Brille zu betrachten. Lassen Sie Ihre Steinbockeigenschaften zum Ausdruck kommen, besonders dann, wenn Sie eine dauerhafte Beziehung eingehen möchten. Gebrauchen Sie keine Notlügen, nur um Ihrem Partner nicht wehzutun. Es könnte schlimme Folgen geben.

Gesundheit

Den Fischen sind die Füße zugeordnet; sie sind deshalb besonders empfindlich. Sie sollten viel barfuß laufen, müssen aber vorsichtig sein, denn

Der Mond im Fisch

Sie sind anfälliger für Infektionen als andere.

Fische neigen zu Übergewicht; Steinböcke sind eher schlank oder sogar hager. Wenn Sie einen langsamen Stoffwechsel haben, müssen Sie besonders auf die Ernährung achten. Sportarten wie Tanzen, Schwimmen oder Skifahren sind besonders gut für Sie.

Finanzen

Fische sind in Gelddingen nicht sehr begabt, und finanzielle Probleme können sie sehr aus dem Geichgewicht bringen. Entscheiden Sie nichts überstürzt, und lassen Sie sich nicht zu Projekten verleiten, die schnelles Geld versprechen. Mit Steinbock-Vernunft schaffen Sie es, Ihre Fische-Unsicherheit zu meistern.

Familie

Sie sind sehr aufmerksam und haben viel intuitives Verständnis für die Bedürfnisse Ihrer Kinder. Wenn Sie sich in der Erziehung von Ihrem Fische-Instinkt leiten lassen, werden sie sich prächtig entwickeln, und Sie werden kaum Probleme mit ihnen haben. Seien Sie liebevoll und zärtlich zu Ihren Kindern und – nach Steinbockart – geradeheraus.

Mondtabellen

Die Mondtabelle nennt Ihnen Ihr persönliches Mondzeichen. Lesen Sie im entsprechenden Kapitel Ihre Eigenschaften.

Suchen Sie in der Mondtabelle auf den Seiten 57 bis 59 Ihr Geburtsjahr und Ihren Geburtsmonat und merken Sie sich das astrologische Symbol am Kreuzungspunkt der beiden. Suchen Sie in der Monatstage-Tabelle auf Seite 56 Ihr Geburtsdatum und merken Sie sich die danebenstehende Zahl. Zählen Sie nun in der Zeichen-Tabelle daneben von dem astrologischen Symbol aus der Mondtabelle so viele Stellen nach unten, wie die Zahl aus der Tabelle neben Ihrem Geburtstag angibt. Springen Sie bei Bedarf von *Fische* zu *Widder*. So finden Sie Ihr Mondzeichen.

Beispiel: 21. Mai 1991. Unter Mai 1991 findet man in der Mondtabelle das Symbol Schütze (♐). Neben der Geburtszahl 21 steht die 9. Man zählt nun in der Zeichen-Tabelle von Schütze 9 Stellen nach unten und kommt zur Jungfrau (♍). Das Mondzeichen für den 21. Mai 1991 ist also Jungfrau.

Beachten Sie, daß der Mond sehr rasch wandert! Falls Sie das Gefühl haben, die Attribute Ihres Mondzeichens treffen nicht auf Sie zu, lesen Sie die Kapitel über das jeweilige Mondzeichen davor bzw. danach; in einem dieser drei finden Sie sich auf jeden Fall wieder.

Monatstage-Tabelle

Und Zahl der zum astrologischen Symbol zu addierenden Stellen

Tag	Plus	Tag	Plus	Tag	Plus	Tag	Plus
1	0	9	4	17	7	25	11
2	1	10	4	18	8	26	11
3	1	11	5	19	8	27	12
4	1	12	5	20	9	28	12
5	2	13	5	21	9	29	1
6	2	14	6	22	10	30	1
7	3	15	6	23	10	31	2
8	3	16	7	24	10		

Sternzeichen

♈	Widder
♉	Stier
♊	Zwillinge
♋	Krebs
♌	Löwe
♍	Jungfrau
♎	Waage
♏	Skorpion
♐	Schütze
♑	Steinbock
♒	Wassermann
♓	Fisch

	1923	1924	1925	1926	1927	1928	1929	1930	1931	1932	1933	1934	1935
JAN	♊	♏	♈	♌	♐	♈	♍	♑	♉	♎	♓	♋	♏
FEB	♌	♐	♉	♍	♑	♊	♏	♓	♋	♐	♈	♌	♑
MRZ	♌	♑	♉	♍	♒	♋	♏	♓	♋	♐	♉	♍	♑
APR	♎	♓	♋	♏	♈	♍	♑	♉	♍	♒	♊	♎	♓
MAI	♏	♈	♌	♐	♉	♎	♒	♊	♎	♓	♋	♐	♈
JUN	♑	♉	♍	♒	♋	♏	♓	♌	♐	♉	♍	♑	♊
JUL	♒	♋	♏	♓	♌	♐	♈	♍	♑	♊	♎	♓	♋
AUG	♈	♌	♐	♉	♍	♒	♊	♏	♓	♋	♐	♈	♌
SEP	♉	♎	♒	♋	♏	♓	♌	♐	♈	♍	♑	♊	♎
OKT	♊	♏	♓	♌	♐	♉	♍	♑	♉	♎	♓	♋	♏
NOV	♌	♑	♉	♍	♑	♊	♏	♓	♋	♐	♈	♌	♑
DEZ	♍	♒	♊	♎	♓	♌	♐	♈	♌	♑	♉	♍	♒

	1936	1937	1938	1939	1940	1941	1942	1943	1944	1945	1946	1947	1948
JAN	♈	♌	♑	♉	♍	♒	♊	♎	♓	♌	♐	♈	♍
FEB	♉	♎	♒	♊	♏	♈	♌	♐	♉	♍	♑	♊	♎
MRZ	♊	♎	♒	♋	♐	♈	♌	♐	♉	♎	♒	♊	♏
APR	♌	♐	♈	♌	♑	♉	♎	♒	♋	♏	♓	♌	♑
MAI	♍	♑	♉	♎	♒	♊	♏	♓	♌	♐	♉	♍	♒
JUN	♎	♒	♋	♏	♈	♌	♑	♉	♎	♒	♊	♏	♓
JUL	♏	♈	♌	♑	♉	♍	♒	♊	♏	♓	♌	♐	♈
AUG	♑	♉	♎	♒	♋	♏	♈	♌	♐	♉	♍	♑	♊
SEP	♓	♋	♏	♈	♌	♑	♉	♍	♒	♋	♏	♓	♌
OKT	♈	♌	♑	♉	♎	♒	♊	♎	♓	♌	♐	♈	♍
NOV	♊	♎	♒	♊	♏	♈	♌	♐	♉	♍	♑	♊	♏
DEZ	♋	♏	♓	♌	♑	♉	♍	♑	♊	♎	♒	♋	♐

	1949	1950	1951	1952	1953	1954	1955	1956	1957	1958	1959	1960	1961
Jan	♑	♊	♎	♓	♋	♏	♈	♌	♑	♉	♍	♒	♋
Feb	♓	♋	♐	♈	♍	♑	♉	♎	♒	♊	♏	♈	♌
Mrz	♓	♋	♐	♉	♍	♑	♊	♏	♓	♋	♏	♈	♌
Apr	♉	♍	♒	♊	♎	♓	♋	♐	♈	♌	♑	♊	♎
Mai	♊	♎	♓	♋	♐	♈	♍	♑	♉	♎	♒	♋	♏
Jun	♌	♐	♈	♍	♑	♊	♎	♓	♋	♐	♈	♌	♑
Jul	♍	♑	♊	♎	♓	♋	♏	♈	♌	♑	♉	♍	♒
Aug	♏	♓	♋	♐	♈	♍	♑	♉	♎	♒	♊	♏	♈
Sep	♐	♈	♍	♑	♊	♎	♒	♋	♐	♈	♌	♑	♊
Okt	♑	♊	♎	♓	♋	♏	♓	♌	♑	♉	♍	♒	♋
Nov	♓	♋	♏	♈	♍	♑	♉	♎	♒	♊	♏	♈	♌
Dez	♈	♌	♑	♊	♎	♒	♊	♏	♓	♌	♐	♉	♍

	1962	1963	1964	1965	1966	1967	1968	1969	1970	1971	1972	1973	1974
Jan	♏	♓	♌	♐	♈	♍	♑	♊	♎	♒	♋	♐	♈
Feb	♐	♉	♍	♒	♊	♏	♓	♋	♏	♈	♍	♑	♉
Mrz	♐	♉	♎	♒	♊	♏	♈	♌	♐	♉	♍	♑	♊
Apr	♒	♋	♏	♈	♌	♑	♉	♍	♒	♊	♏	♓	♋
Mai	♓	♌	♐	♉	♍	♒	♊	♎	♓	♋	♐	♈	♍
Jun	♉	♎	♒	♊	♏	♓	♌	♐	♉	♍	♑	♊	♎
Jul	♊	♏	♓	♌	♐	♈	♍	♑	♊	♎	♓	♋	♐
Aug	♌	♐	♉	♎	♒	♊	♏	♓	♋	♏	♈	♍	♑
Sep	♍	♒	♋	♏	♓	♋	♐	♉	♍	♑	♊	♎	♓
Okt	♏	♓	♌	♐	♈	♍	♒	♊	♎	♒	♋	♐	♈
Nov	♐	♉	♎	♒	♊	♎	♓	♋	♐	♈	♍	♑	♉
Dez	♑	♊	♏	♓	♋	♐	♈	♌	♑	♉	♎	♒	♊

	1975	1976	1977	1978	1979	1980	1981	1982	1983	1984	1985	1986	1987
JAN	♌	♑	♉	♍	♒	♊	♏	♓	♌	♐	♉	♍	♑
FEB	♎	♒	♋	♏	♈	♌	♐	♉	♍	♒	♊	♎	♓
MRZ	♎	♓	♋	♏	♈	♍	♑	♉	♎	♒	♊	♏	♓
APR	♐	♈	♍	♑	♊	♎	♒	♋	♏	♈	♌	♑	♉
MAI	♑	♉	♎	♒	♋	♏	♓	♌	♐	♉	♍	♒	♊
JUN	♓	♋	♐	♈	♌	♑	♉	♎	♒	♊	♏	♓	♌
JUL	♈	♌	♑	♉	♍	♒	♋	♏	♓	♌	♐	♉	♍
AUG	♉	♎	♓	♋	♏	♈	♌	♐	♈	♎	♒	♊	♎
SEP	♋	♐	♈	♌	♐	♊	♎	♒	♊	♏	♓	♌	♐
OKT	♌	♑	♉	♍	♒	♋	♏	♓	♋	♐	♉	♍	♑
NOV	♎	♓	♋	♏	♓	♌	♐	♉	♍	♒	♊	♎	♓
DEZ	♏	♈	♌	♐	♉	♍	♑	♊	♎	♓	♋	♐	♈

	1988	1989	1990	1991	1992	1993	1994	1995	1996	1997	1998	1999	2000
JAN	♊	♎	♒	♋	♏	♈	♌	♑	♉	♎	♒	♊	♏
FEB	♋	♐	♈	♍	♑	♉	♎	♒	♋	♏	♈	♌	♐
MRZ	♌	♐	♉	♍	♒	♊	♎	♓	♋	♏	♈	♌	♑
APR	♍	♒	♊	♏	♓	♋	♐	♈	♍	♑	♊	♎	♓
MAI	♏	♓	♌	♐	♈	♍	♑	♉	♎	♒	♋	♏	♈
JUN	♐	♉	♍	♑	♊	♎	♓	♋	♐	♈	♌	♑	♉
JUL	♑	♊	♎	♒	♋	♐	♈	♌	♑	♉	♎	♒	♋
AUG	♓	♌	♐	♈	♍	♑	♉	♎	♓	♋	♏	♓	♌
SEP	♉	♍	♑	♊	♏	♓	♋	♏	♈	♌	♑	♉	♎
OKT	♊	♎	♒	♋	♐	♈	♌	♑	♉	♎	♒	♊	♏
NOV	♌	♐	♈	♍	♑	♉	♎	♒	♋	♏	♈	♌	♑
DEZ	♍	♑	♉	♎	♒	♋	♏	♈	♌	♐	♉	♍	♒

DAS

SONNENSYSTEM

DIE STERNE HABEN, MIT AUSNAHME DER SONNE, IN DER ASTROLOGIE KEINE BEDEUTUNG. DIE ASTROLOGEN BENUTZEN JEDOCH DIE KONSTELLATION DER PLANETEN IM SONNENSYSTEM, UM DARAUS DEN CHARAKTER UND DIE ZUKUNFT EINES MENSCHEN ZU BESTIMMEN.

Pluto

Pluto umkreist die Sonne einmal in 246 Erdjahren. Er beeinflußt unsere Instinkte und Wünsche und verleiht uns Kraft in Notsituationen. Er verstärkt auch unseren Hang zur Grausamkeit.

Neptun

Neptun bleibt in jedem Sternzeichen 14 Jahre. In günstigen Fällen verleiht er uns Sensibilität und Phantasie; in schlechten ruft er Egoismus und Hinterlist hervor.

Uranus

Sein Einfluß macht uns freundlich, charmant und erfinderisch, aber auch exzentrisch und unberechenbar.

Saturn

Im Altertum war Saturn der am weitesten entfernte Planet. Er dämpft unseren Ehrgeiz und macht uns entweder übervorsichtig (aber praktisch gesinnt) oder zuverlässig und selbstbeherrscht.

PLUTO

NEPTUN

URANUS

SATURN

Jupiter
Jupiter weckt Optimismus, Großzügigkeit und Phantasie in uns, kann uns aber auch zu verschwenderischen und extravaganten Menschen machen.

Mars
Mars steht für Kraft, Aggressivität, Zorn, Egoismus und starke Sexualität, aber auch für Entscheidungsfreude und Führungsqualitäten.

Der Mond
Obwohl der Mond nur als Satellit die Erde umkreist, zählt er in der Astrologie zu den Planeten. Er ist rund 384 000 km von der Erde entfernt und ist, astrologisch gesehen, nach der Sonne der zweitwichtigste Planet.

MOND

Die Sonne
bestimmt unsere Persönlichkeit und die Art, wie wir in der Welt auftreten.

Venus
Der Planet der Liebe und Freundschaft verstärkt unsere positiven persönlichen Eigenschaften, kann uns aber auch faul, unpraktisch und abhängig machen.

Erde
Jeder Planet steuert seinen Teil zum gesamten Sonnensystem bei. Jemand, der auf der Venus geboren wurde, würde zweifellos auch vom Planeten Erde in irgendeiner Form beeinflußt.

Merkur
Der am nächsten zur Sonne stehende Planet verleiht uns Wißbegierde, Überzeugungskraft, Klugheit, Gewandtheit; er kann uns aber auch inkonsequent, zynisch und sarkastisch machen.